HÔTEL DROUOT, SALLE N° 6

à deux heures

TABLEAUX

ANCIENS ET MODERNES

Aquarelles, Dessins, Pastels

GRAVURES

Me PAUL CHEVALLIER, commissaire-priseur

CATALOGUE

DE

TABLEAUX

ANCIENS ET MODERNES

DES

Écoles Française, Hollandaise, Espagnole et Italienne

AQUARELLES, DESSINS, PASTELS, GRAVURES

DONT LA VENTE AURA LIEU

HOTEL DROUOT, SALLE N° 6

Le Jeudi 16 Juin 1898

à deux heures

COMMISSAIRE-PRISEUR	EXPERTS
Mᶜ PAUL CHEVALLIER	**MM. FÉRAL Père & Fils**
10, rue Grange-Batelière, 10	54, Faubourg-Montmartre, 54

EXPOSITION PUBLIQUE

Le Mercredi 15 Juin 1898, de 1 heure 1/2 à 5 heures 1/2

CONDITIONS DE LA VENTE

Elle sera faite au comptant.

Les adjudicataires paieront *cinq pour cent* en sus des enchères.

Paris. — Imprimerie de l'Art, E. Moreau et Cie, 41, rue de la Victoire.

DÉSIGNATION

TABLEAUX ANCIENS

BOUCHER (Genre de)

1 — *Pastorale.*

Dessus de porte.

BREUGHEL LE VIEUX (Genre de)

2 — *Deux volets de triptyque, sujets diaboliques.*

CALLET

3 — *Bacchus et Ariane.*

Esquisse.

CARESME

4 — *Bacchanale.*

CLOUET (ÉCOLE DE)

5 — *Portrait présumé de Marie Stuart.*

6 — *Portrait présumé du duc de Guise, dit le Balafré.*

CORRÈGE (D'après)

7 — *La Madeleine en prière.*

DELAFOSSE (Attr. à Ch.)

8 — *Figure allégorique.*

Esquisse pour un plafond.

CHATELET

9 — *Fête villageoise.*

Signé et daté 1781.

DEMARNE (Genre de)

10 — *Fête de village.*

DEMARNE (Attr. à)

11 — *Foire de village.*

DOMINIQUIN (D'après Le)

12 — *Le Père éternel.*

DOMINIQUIN (École du)

13 — *Le Martyre de sainte Catherine.*

DOW (D'après Gérard)

(DEUX PENDANTS)

14 — *Philosophes.*

DUPLESSIS-BERTAUX (Genre de)

15 — *Foire de village.*

FERGUSON (Genre de)

16 — *Oiseaux morts.*

FETTI (D'après Dominico)

17 — *Madeleine, en buste.*

GIORDANO (Attr. à Lucas)

18 — *Un Philosophe.*

GRIMOUX (Attr. à)

19 — *Portrait d'un Artiste.*

LARGILLIÈRE (École de)

20 — *Portrait de Jeune Femme.*
Cadre en bois sculpté.

LATOUR (D'après)

21 — *Portrait du Maître.*

MANFREDI (Attr. à)

22 — *Un Vieillard et deux Jeunes Femmes.*

MARCELLIS (Otto)

23 — *Plantes et reptiles.*

MICHEL (Genre de)

24 — *Paysage accidenté.*

Esquisse.

OSTADE (Genre de)

25 — *Intérieur rustique.*

PALAMÈDES (Attribué à)

26 — *Réunion galante.*

PARROCEL (Genre de)

27 — *Paysage avec figures.*

PIAZZETA (Genre de)

28 — *Femme tenant des lunettes.*

ROSA (Genre de SALVATOR)

29 — *Guerrier assistant une femme blessée.*

ROTTENHAMER (Attr. à)

30 — *Adam et Ève.*

RUBENS (D'après)

31 — *Hérodiade portant la tête de saint Jean.*

SANTERRE (D'après)

32 — *Suzanne au bain.*

SCHIAVONE (Genre de)

33 — *Saint Jean.*

En buste, et vu de dos.

TENIERS (D'après)

34 — *Intérieur de tabagie.*

VALLAYER COSTER (D'après Mme)

35 — *Fleurs dans un verre.*

VAN LOO

36 — *Vénus commandant des armes à Vulcain.*

Esquisse.

VAN DYCK (D'après)

37 — *Portrait d'un Soldat.*

VELASQUEZ (Genre de)

38 — *Le Marchand de pastèques.*

VERNET (Genre de Joseph)

39 — *Marine.*

VERNET (Genre de Joseph)

40 — *Pêcheurs au bord de la mer.*

VERNET (Genre de Joseph)

41 — *Le Golfe de Naples.*

VÉRONÈSE (Genre de Paul)

42 — *Sujet biblique.*

VERSTEEGH (Michel)

43 — *Famille hollandaise, dans un intérieur, prenant le thé, par une soirée d'hiver.*

Signé sur le bandeau de la cheminée :

VERSTEEGH.

fecit 1792, Dort.

Bel effet de clair obscur. Composition de cinq personnages parmi lesquels l'artiste s'est représenté lui-même, vu de dos.

Ce tableau, exécuté pour le stathouder Guillaume V, prince d'Orange, et qui ne put lui être livré par suite de la Révolution des Pays-Bas (1795), valut à l'artiste les suffrages les plus flatteurs et fut acquis par M. de Langeac, ce que nous apprend une lettre d'envoi du tableau ; puis il fut acquis, en 1811, par M. Pinel de Grandchamp, à la vente de M. de Langeac, et repassa en vente, le 25 février 1870, après le décès de M. Pinel de Grandchamp.

Panneau. Haut., 62 cent.; larg., 70 cent.

WOUWERMAN (Attribué à)

44 — *Chasseur au repos.*

ZAFTLEVEN (Attr. à)

45 — *Paysage avec rivière, bateaux et personnages.*

ÉCOLE ANGLAISE
(Attribué à REYNOLDS)
46 — *Portrait de Femme.*

ÉCOLE ESPAGNOLE
47 — *Portrait d'Homme.*

ÉCOLE ESPAGNOLE
48 — *Sujet religieux.*

ÉCOLE FLAMANDE
49 — *Diane et un Amour.*

50 — *Pan, Syrinx et un Amour.*

51 — *La Madeleine.*

Panneau de forme ovale.

ÉCOLE FRANÇAISE
52 — *Jeune Fille en buste.*

53 — *Portrait d'un gentilhomme.*

54 — *La Madeleine en prière.*

55 — *Jupiter, Antiope et un amour.*

56 — *Une Sibille.*

57 — *L'Étude.*

Grisaille.

58 — *Portrait présumé du comte d'Antraygues.*

59 — *Portrait du chancelier de l'Hospital.*

Dessins rehaussés d'aquarelle.

ÉCOLE GRÉCO-RUSSE

60 — *Le Sauveur du monde.*

ÉCOLE HOLLANDAISE

61 — *Paysage avec pont de bois et route suivie par des villageois.*

ÉCOLE ITALIENNE

62 — *Les Danseurs.*

Aquarelle.

63 — *Diane découvrant la grossesse de Calisto.*

ÉCOLE VÉNITIENNE

64 — *Deux volets de triptyque.*

TABLEAUX MODERNES

BAILLY

65 — *Intérieur d'atelier.*

BARGOT

(DEUX PENDANTS)

66 — *Oiseaux morts.*

BELLANGÉ (Attr. à H.)

67 — *Bataille sous le Premier Empire.*
Esquisse.

BERLOT

68 — *Intérieur de cloître.*

BOMBLED (CH.)

69 — *Le Départ pour la chasse à courre.*

BORGELLA

70 — *La Femme a l'écharpe.*

71 — *Juives d'Alger.*

72 — *Danseuse.*

BOULANGER (Louis)

73 — *Portrait de Washington.*
Pastel.

CALATRONA (Beppo)

74 — *Suzanne au bain.*

CALLIAS (H. de)

75 — *Seule, au rendez-vous !*

CAILLEAU (Mlle)

76 — *Un Rabbin.*
Pastel signé.

CHARLET (Genre de)

77 — *Tête de Vieillard à grande barbe blanche.*
78 — *Un Factionnaire.*

CHARTIER (Cécile)

79 — *La Visite au grand-père.*

COURT (Genre de)

80 — *Portrait de Jeune Femme.*

DECAISNE

81 — *Portrait de Femme en costume Louis XIII.*

DUNOUY

82 — *Paysage ; effet de soleil couchant.*

83 — *Le Coup de vent.*

FRÉVAL (E.)

84 — *Tête de Femme.*

GATTI (J.)

85 — *L'Enfer.*

Signé à droite.

GÉLY

86 — *Chemin dans la forêt.*

GEOFFROY (J.)

87 — *Moine en prière.*

Signé et daté 1876.

GILBERT

88 — *Pêcheurs de l'Adriatique.*

GRENAUD

89 — *Le Dessinateur.*

GUET

90 — *Femme faisant un bouquet de fleurs.*

HEARN

91 — *Cours d'eau sous bois.*
Signé à gauche.

H. B. (Initiales)

92 — *Monastère dans les montagnes.*

JOLLIVET

93 — *La Mort d'un soldat.*

94 — *Le Joueur de cornemuse.*

LE POITTEVIN (Genre de)

95 — *Mer houleuse.*

MIRWAY

(DEUX PENDANTS)

96-97 — *Vues d'Orient.*
Aquarelles.

MOREAU (CHARLES)

98 — *Intérieur d'écurie.*
Signé et daté 1868.

PEREZ-RUIZ

99 — *La Vierge aux donataires.*
D'après Van Dyck.

PHILIPPARD

100 — *Tête de Jeune Femme.*

Esquisse.

RANC

101 — *Portrait d'Homme.*

Toile ovale.

RIBOT (Germain)

102 — *Objets divers posés sur une table.*

ROSSI

103 — *Les Amants.*

SCHEFFER (D'après)

104 — *Les Abandonnés.*

SIMART

105 — *Marine.*

TOUSSAINT

106 — *La Petite Fileuse.*

Signé et daté.

TASSAERT (D'après)

107 — *L'Enfant Jésus adoré par des anges.*

ÉCOLE MODERNE

108 — *Tête de Jeune Fille.*

D'après Van Dyck.

109 — *Paysage avec cours d'eau sous bois.*

110 — *Baigneuses.*

D'après Diaz.

111 — *Paysage.*

D'après Corot.

112 — *Paysage.*

D'après Diaz.

113 — *L'Amour désarmé.*

D'après Diaz.

114 — *La Nymphe Echo.*

115 — *Le Buveur.*

116 — *Femme chinoise dans un intérieur.*

117 — *Intérieur de cloître.*

118 — *Chinois dans son cabinet.*

119 — *Femme en prière.*

Esquisse.

120 — *Sujet biblique.*

ÉCOLE MODERNE

121 — *Les Pestiférés.*

Esquisse.

122 — *Soldat flamand au repos.*

123 — *Jeunes Filles sous bois.*

124 — *Femme assise au bord de la mer.*

Esquisse.

125 — *Paysages et figures.*

Huit peintures.

126 à 128 — *Personnage Louis XIII, Femme vue de profil et Amours en grisaille.*

Trois toiles

129 — Sous ce numéro, qui sera divisé, un lot de tableaux, dessins et gravures : quinze pièces.

AQUARELLES, DESSINS
PASTELS ET GRAVURES

CHATELET

130 — *Vue de l'Etna.*

> Aquarelle.

DESFRICHES

131 — *Paysages avec figures.*

> Six dessins à la mine de plomb dans le même cadre.

MOREAU (Louis)

132 — *Paysage avec pont de bois.*

> Aquarelle

SAUERWEID (A.)

133 — *Le Campement des troupes russes aux Champs-Élysées, en 1815.*

> Aquarelle.

VERNET (Attribué à Carl)

(DEUX PENDANTS)

134 — *Combat de cavaliers Autrichiens et Cosaques.*

> Aquarelles.

135 — Sept pièces : pastels, dessins et gravures.

136 — Deux gravures en couleur, d'après Debu-
court :

La Fête de la grand'mère ;

Les Compliments du jour de l'an.

137 — Quatre cartons, contenant de nombreux
dessins, croquis, gravures, lithographies,
toiles peintes. Ce numéro sera divisé.

138 -- Cadre en bois sculpté, de forme ovale.

139 — Panneau en marqueterie de bois.